NIVEL

2

emergente

La suelta de globos

Derecho del texto © Evans Brothers Ltda. 2005. Derecho de
ilustración © Evans Brothers Ltda. 2005. Primera publicación
de Evans Brothers Limited, 2a Portman Mansions, Chiltern
Street, Londres W1U 6NR, Reino Unido. Se publica esta
edición bajo licencia de Zero to Ten Limited. Reservados
todos los derechos. Impreso en China. Gingham Dog Press
publica esta edición en 2005 bajo el sello editorial de School
Specialty Publishing, miembro de la School Specialty Family.

Biblioteca del Congreso. Catalogación de la información
sobre la publicación en poder del editor.

Para cualquier información dirigirse a:
School Specialty Publishing
8720 Orion Place
Columbus, OH 43240-2111

ISBN 0-7696-4240-3

3 4 5 6 7 8 9 10 EVN 10 09 08 07

La suelta de globos

de Helen Bird

ilustraciones de Simona Dimitri

GINGHAM DOG
PRESS

Columbus, Ohio

En la escuela de Miguel, hubo una suelta de globos.
Cada estudiante recibió un globo.

5

Cada globo tenía atada
una nota.
La nota de Miguel decía:

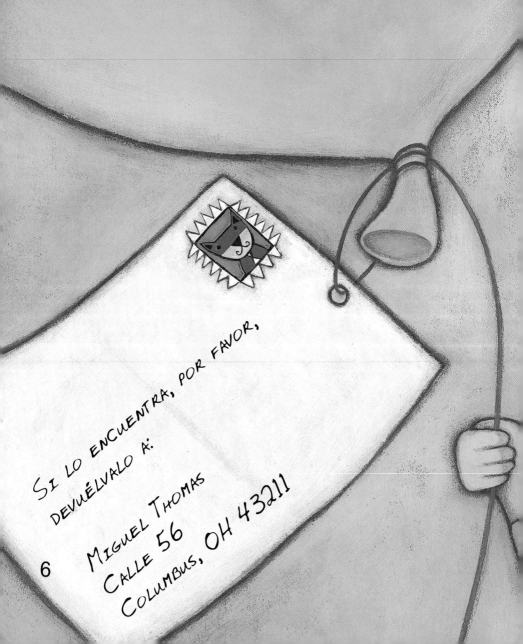

SI LO ENCUENTRA, POR FAVOR,
DEVUÉLVALO A:

MIGUEL THOMAS
CALLE 56
COLUMBUS, OH 43211

6

—¡Espero que mi globo vaya lejos!—
dijo Miguel.

9

Era el momento de soltar los globos.

—¡Uno, dos, tres, suéltenlos!—dijo el maestro.

Los globos subieron por el aire.

11

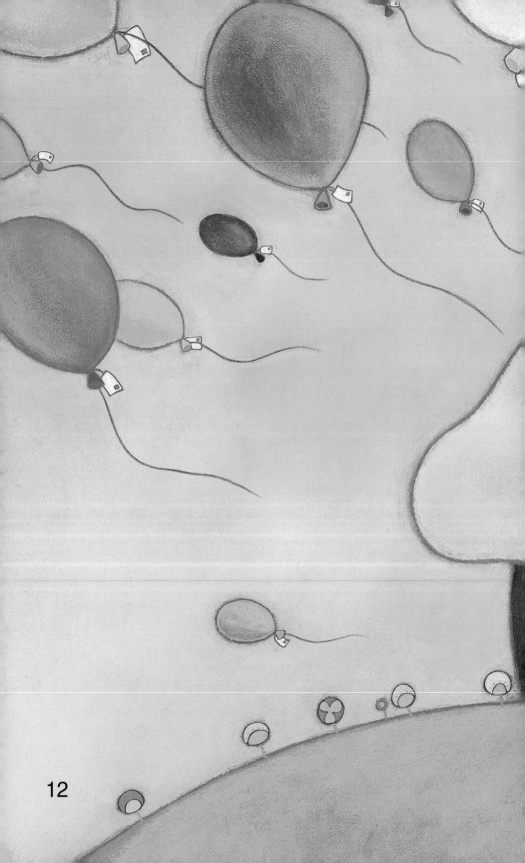

Todos, menos el globo de Miguel.

Su globo no fue muy lejos ni voló muy
alto.

15

Su globo flotó hacia abajo.

Se enredó en un camión.

El camión salió del pueblo.

19

Pasó por las colinas.

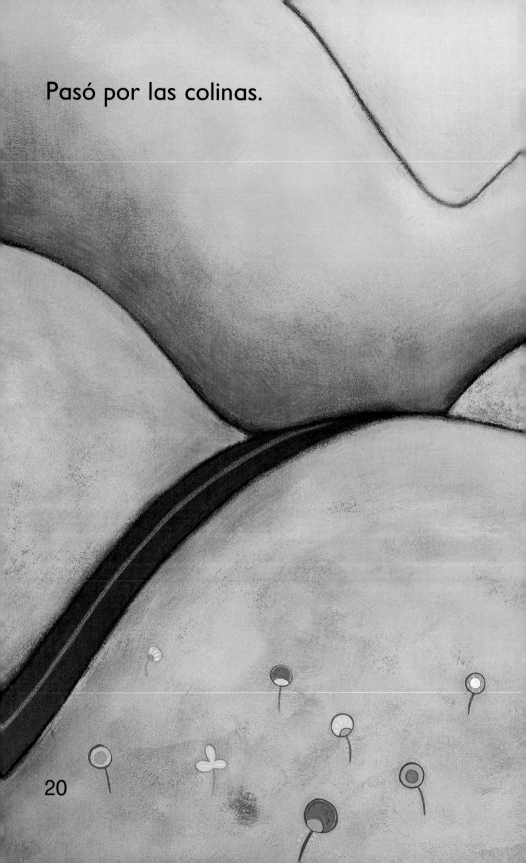

21

Anduvo toda la
noche.

22

¡El camión llegó a cruzar el océano!

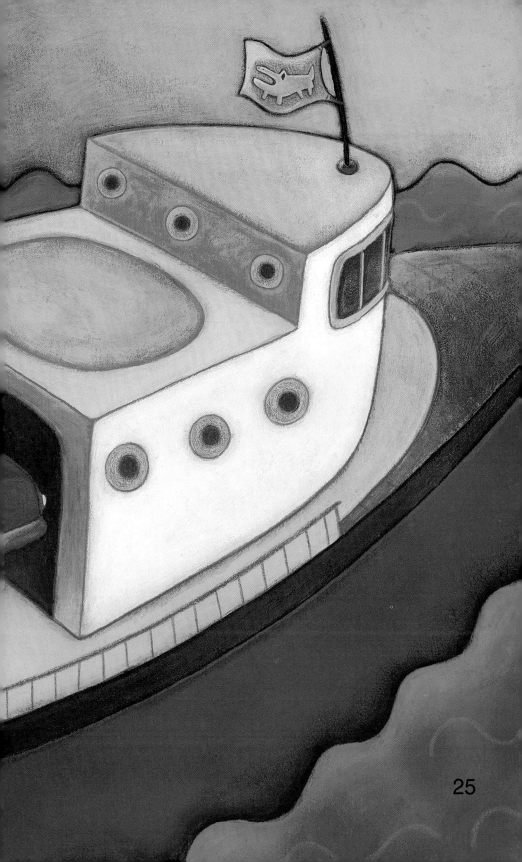

El conductor del camión encontró el globo.

"Hmm, —pensó—. Voy a enviar esto por correo."

Miguel se olvidó de su globo.
No creía que hubiera ido muy lejos.

¡Pero fue más lejos que el de cualquier otro!

27, Via Manzoni
Milan, Italy
1-20121

Si lo encuentra, por favor,
devuélvalo a:

Miguel Thomas
Calle 56
Columbus, OH 43211

Palabras que conozco

abajo	uno
cada	tres
lejos	dos
encontró	fue

¡Piénsalo!

1. ¿Qué decía la nota del globo de Miguel?

2. ¿Cómo crees que se sintió Miguel después de la suelta de globos? ¿Cómo crees que se sintió al final del cuento?

3. Nombra todos los lugares por los que viajó el camión.

4. ¿Qué distancia te parece que viajó el globo de Miguel?

5. Al final del cuento, ¿de quién era el globo que viajó más lejos?

El cuento y tú

1. ¿Te parece que este cuento podría pasar de verdad? ¿Por qué?

2. Imagina que eres el globo de Miguel. Describe todas las cosas que viste mientras viajabas.